AF314338

L'AVOCAT PATELIN.

COMEDIE.

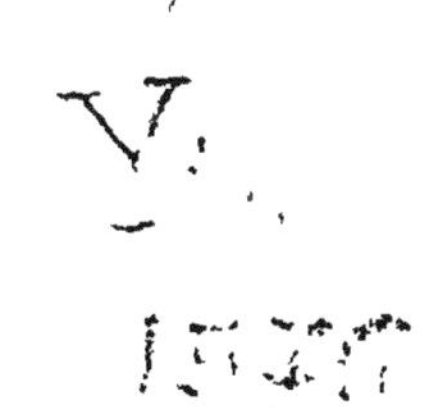

L'AVOCAT PATELIN,

COMEDIE.

DE MONSIEUR BRUEYS.

Le prix est de vingt sols.

A PARIS,

Chez PIERRE PRAULT, Quay de Gêvres, au Paradis.

M. DCC. XXV.

Avec Approbation & Privilege du Roy.

L'AVOCAT PATELIN,

COMÉDIE.

A

ACTEURS.

MONSIEUR PATELIN, Avocat.

MADAME PATELIN.

HENRIETTE, fille de Monfieur Patelin.

M. GUILLAUME, Marchand Drapier.

VALERE, fils de M. Guillaume.

M. BARTOLIN, Jugé du lieu.

AGNELET, Berger.

COLETTE, fervante de M. Patelin.

UN PAYSAN.

La Scéne eſt au Palais

L'AVOCAT PATELIN,

COMEDIE.

ACTE I.

SCENE PREMIERE.

M. PATELIN *seul.*

Ela est résolu ; il faut, aujour-
d'hui même, que je n'ai pas
le sol, que je me donne un habit neuf... Ma foi on a raison
de le dire, il vaudroit autant
être ladre que d'être pauvre. Qui diantre, à me voir ainsi habillé, me pren-

A ij

droit pour un Avocat ? Ne diroit-on pas plutôt que je serois le Magiſter de ce Bourg ? Depuis quinze jours j'ai quitté le village où je demeurois, pour venir m'établir en celui-ci, croyant d'y faire mieux mes affaires : elles vont de mal en pis. J'ai de ce côté-là, pour voiſin, mon compere le Juge du lieu ; pas un pauvre petit procès. De cet autre côté, un riche Marchand Drapier ; pas de quoi m'acheter un méchant habit. Ah ! Pauvre Patelin, Pauvre Patelin ! comment feras-tu pour contenter ta femme qui veut abſolument que tu maries ta fille ? Qui diantre voudra d'elle en te voïant ainſi déguenillé ? Il te faut bien par force avoir recours à l'induſtrie..... Oui, tâchons adroitement à nous procurer à credit, un bon habit de drap dans la boutique de Monſieur Guillaume notre voiſin. Si je puis une fois me donner l'exterieur d'un homme riche, tel qui refuſe ma fille...

SCENE II.

M. PATELIN, Madame PATELIN, COLETTE.

M. PATELIN.

Mais voilà ma femme & sa servante qui causent ensemble sur ma friperie. Ecoutons sans nous montrer.

Madame PATELIN.

Oh ça, Colette, je n'ai point voulu te parler au logis, de peur que mon gueux de mari ne nous écoutât.

M. PATELIN *à part.*

L'y voilà.

Madame PATELIN.

Je veux que tu me dises absolument où ma fille peut avoir de quoi aller aussi proprement qu'elle va.

COLETTE.

Eh ! c'est, Madame, que Monsieur votre époux lui donne...

Madame PATELIN.

Mon époux! Il n'a pas de quoi se vêtir lui-même.

M. PATELIN *à part.*

Il est vrai.

Madame PATELIN.

Je te chafferai, & tu ne te marieras
point avec Agnelet ton fiancé, fi tu ne
me dis la chofe comme elle eft.

COLETTE.

Pefte ! Madame, il faut vous la dire :
Valere, le fils unique de Monfieur Guillaume, ce riche Marchand drapier, qui
demeure là, eft amoureux de Made-
moifelle Henriette, & il lui fait des prefens de tems en tems.

M. PATELIN *à part.*

Ma fille puife dans la boutique où j'ai
deffein d'aller.

Madame PATELIN.

Mais où prend Valere de quoi faire
fes prefens ? fon pere eft un riche bru-
tal qui ne lui donne rien.

COLETTE.

Oh, Madame ! Quand les peres ne
donnent rien aux enfans, les enfans les
volent, cela eft dans l'ordre, & Valere
fait comme les autres ; c'eft la regle.

Madame PATELIN.

Mais que ne fait-il demander ma fille en
mariage ?

COLETTE.

Il l'auroit fait auffi, mais il craint que
fon pere n'y veüille pas confentir, à
caufe, ne vous déplaife, que notre
Monfieur va toujours mal vêtu. Cela

fait mal juger de ses affaires.

M. PATELIN.

C'est à quoi je vais donner ordre.

Madame PATELIN.

J'entends quelqu'un, retire-toi. Ah!
te voilà.

M. PATELIN.

Oui.

Madame PATELIN.

Comme te voilà vêtu!

M. PATELIN.

C'est que... je... ne suis pas glorieux.

Madame PATELIN.

C'est que tu es un gueux, & je viens
d'apprendre que ta gueuserie rebute tous
les partis qui se présentent pour notre
fille.

M. PATELIN.

Vous avez raison. Le monde juge
des gens par les habits; j'avouë que ceux
que je porte font tort à Henriette, &
j'ai fait dessein de me mettre aujour-
d'hui un peu proprement.

Madame PATELIN.

Toi, proprement! & avec quoi?

M. PATELIN.

Ne t'en mets point en peine. Adieu.

Madame PATELIN.

Et où allez-vous, s'il vous plaît?

M. PATELIN.

Je vais m'acheter un habit de drap.

Madame PATELIN.

Sans avoir un sol, acheter un habit ?

M. PATELIN.

Oui. De quelle couleur me conseil-
les-tu de le prendre ? gris de fer, ou gris
de more ?

Madame PATELIN.

Et prens le comme tu pourras, si tu
trouves quelqu'un assez sot pour te le
donner ; je vais parler à Henriette, je
viens d'apprendre de certaines choses
qui ne me plaisent gueres.

M. PATELIN.

Si l'on me demande, je serai ici à la
boutique de notre voisin.

SCENE III.

M. PATELIN.

Elle n'est pas encore fermée... Je
songe que je ne ferai pas mal d'aller
mettre ma robe ; outre qu'elle cachera
ces guenilles, une robbe donnera plus
de poids à ce que je dois dire à Monsieur Guillaume pour venir à bout de
mon dessein... Le voilà avec son fils,

allons nous mettre *in habitu*, & revenons
promptement.

SCENE IV.

M. GUILLAUME, VALERE.

ON commence à ne voir guere clair
dans la boutique, expofons ceci
un peu plus à la vûë des paffans … Oh
çà, Valere, je t'avois dit de me chercher un berger pour garder le troupeau
dont la laine fert à faire mes draps.

VALERE.

Eft-ce, mon pere, que vous n'êtes pas
content d'Agnelet ?

M. GUILLAUME.

Non ; car il me vole, & je te foupçonne d'y avoir part.

VALERE.

Moi ?

M. GUILLAUME.

Oui, toi. J'ai fçu que tu es amoureux de je ne fçaï quelle fille d'ici près,
& que tu lui fais des prefens , & je fçais
que cet Agnelet a fiancé une certaine
Colette qui la fert , tout cela fait que
je te foupçonne.

VALERE.

(*à part.*) Qui diantre nous a décou-
verts…. (*haut.*) Je vous aſſûre, mon
pere, qu'Agnelet nous ſert très-fidele-
ment.

M. GUILLAUME.

Oui toi, mais non pas moi ; car depuis un mois qu'il a quitté le Fermier
avec qui il demeuroit, pour entrer à
mon ſervice, il me manque ſix-vingt
moutons ; & il n'eſt pas poſſible, qu'en
ſi peu de tems, il en ſoit mort, comme il le dit, un ſi grand nombre de la
clavelée.

VALERE.

Les maladies font quelquefois de
grands ravages.

M. GUILLAUME.

Oui avec des Medecins, mais les moutons n'en ont pas. D'ailleurs cet Agnelet fait le nigaut ; mais c'eſt un fin niais,
& le plus ruſé coquin… Enfin je l'ai
pris ſur le fait, tuant de nuit un mouton, je l'ai battu, & l'ai fait ajourner
devant Monſieur le Juge ; cependant
avant que de pouſſer plus loin l'affaire,
j'ai voulu ſçavoir ſi tu n'avois point
quelque part au vol qu'il m'a fait.

VALERE.

Ah ! mon pere, j'ai trop de reſpect
pour vos moutons.

M. GUILLAUME.

Je vais donc le pourſuivre en juſtice,
mais je veux examinér un peu mieux la
choſe. Donne-moi mon livre de comp-
tes. Approche cette chaiſe. C'eſt aſſez,
laiſſe-moi. Si un Sergent que j'ai envoïé
querir me demande, fais-moi appeller.
Je reſterai encore un peu ici en cas que
quelque acheteur ſe preſente.

SCENE V.

M. PATELIN , M. GUILLAUME.

M. PATELIN.

Bon , le voilà ſeul, approchons.

M. GUILLAUME.

Compte du troupeau, & cetera; ſix
cens bêtes, & cetera.

M PATELIN *à part.*

Voilà une piéce de drap qui ſeroit bien
mon affaire. (*haut.*) Serviteur, Monſieur.

M. GUILLAUME.

Eſt-ce le Sergent que j'ai envoïé querir? qu'il attende.

M. PATELIN.

Non, Monſieur, je ſuis…

M. GUILLAUME.

Une robe! le Procureur donc ?.. Serviteur.

M. PATELIN.

Non, Monsieur. J'ai l'honneur d'être Avocat.

M. GUILLAUME.

Je n'ai pas besoin d'Avocat. Je suis votre serviteur.

M. PATELIN.

Mon nom, Monsieur, ne vous est sans doute pas inconnu : Je suis Patelin l'Avocat.

M. GUILLAUME.

Je ne vous connois pas, Monsieur.

M. PATELIN *bas.*

Il faut se faire connoître.... (*haut.*) J'ai trouvé, Monsieur, dans les memoires de feu mon pere, une dette qui n'a pas été payée, & ...

M. GUILLAUME.

Ce ne sont pas mes affaires, je ne dois rien.

M. PATELIN.

Non, Monsieur, c'est au contraire feu mon pere qui devoit au vôtre trois cens écus, & comme je suis homme d'honneur, je viens vous payer ...

M. GUILLAUME.

Me payer? Attendez, Monsieur, s'il vous plaît : je me remets un peu votre nom. Oui. Je connois depuis long-tems votre famille, vous demeuriez à un Village ici près. Nous nous sommes

connus autrefois. Je vous demande ex-
cufe. Je fuis votre très-humble & très-
obéïffant ferviteur : affeyez-vous là.

M. PATELIN.

Monfieur.

M. GUILLAUME.

Monfieur.

M. PATELIN.

Si tous ceux qui me doivent étoient
auffi exactes que moi à payer leurs dettes, je ferois beaucoup plus riche que
je ne fuis ; mais je ne fçais point rete-
nir le bien d'autrui.

M. GUILLAUME.

C'eft pourtant ce qu'aujourd'hui beaucoup de gens fçavent fort bien faire.

M. PATELIN.

Je tiens que la premiere qualité d'un
honnête homme eft de bien payer fes
dettes ; & je viens fçavoir quand vous
ferez de commodité de recevoir vos
trois cens écus ?

M. GUILLAUME.

Tout à-l'heure.

M. PATELIN.

J'ai chez moi votre argent tout prêt
& bien compté ; mais il faut vous donner le tems de faire dreffer une quittan-
ce pardevant Notaire. Ce font des char-
ges d'une fucceffion qui regarde ma
fille Henriette, & j'en dois rendre un
compte en forme.

M. GUILLAUME.

Cela eft jufte. Et bien demain matin à cinq heures.

M. PATELIN.

A cinq heures, foit. J'ai peut-être mal pris mon tems , Monfieur Guillaume , je crains de vous détourner.

M. GUILLAUME.

Point du tout : je ne fuis que trop de loifir, on ne vend rien.

M. PATELIN.

Vous faites pourtant plus d'affaires vous feul ,,que tous les négocians de ce lieu.

M. GUILLAUME.

C'eft que je travaille beaucoup.

M. PATELIN.

C'eft que vous étes, ma foi, le plus habile homme de tout ce pays... Voilà un affez beau drap.

M. GUILLAUME.

Fort beau.

M. PATELIN.

Vous faites votre commerce avec une intelligence....

M. GUILLAUME.

Oh, Monfieur...

M. PATELIN.

Avec une habileté merveilleufe.

M. GUILLAUME.

Oh, oh, Monfieur !

M. PATELIN.

Des manieres nobles & franches qui gagnent le cœur de tout le monde,

M. GUILLAUME.

Oh point, Monſieur.

M PATELIN.

Parbleu la couleur de ce drap fait plaiſir à la vûë.

M. GUILLAUME.

Je le croi, c'eſt couleur de maron.

M. PATELIN.

De maron ? que cela eſt beau ! gage, Monſieur Guillaume, que vous avez imaginé cette couleur-là ?

M. GUILLAUME.

Oui, oui, avec mon teinturier.

M. PATELIN.

Je l'ai toûjours dit, il y a plus d'eſprit dans cette tête-là que dans toutes celles du Village.

M. GUILLAUME.

Ah ! ah ! ah !

M. PATELIN.

Cette laine me paroît auſſi bien conditionnée.

M. GUILLAUME.

C'eſt pure laine d'Angleterre.

M. PATELIN.

Je l'ai crû. A propos d'Angleterre ? Il me ſemble, Monſieur Guillaume que nous avons autrefois été à l'école enſemble ?

M. GUILLAUME.

Chez Monſieur Nicodeme ?

M. PATELIN.

Juſtement. Vous étiez beau comme
l'amour.

M. GUILLAUME.

Je l'ai oui dire à ma mere.

M. PATELIN.

Et vous appreniez tout ce qu'on vouloit.

M. GUILLAUME.

A dix-huit ans, je ſçavois lire & écri-
re.

M. PATELIN.

Quel dommage ! que vous ne vous
ſoyiez appliqué aux grandes choſes. Sça-
vez-vous bien Monſieur Guillaume, que
vous auriez Gouverné un Etat ?

M. GUILLAUME.

Comme un autre ....

M. PATELIN.

Tenez , j'avois juſtement dans l'eſprit une couleur de drap comme celle-
là ; il me ſouvient que ma femme veut
que je me faſſe un habit. Je ſonge que
demain matin à cinq heures en portant
vos trois cens écus , je prendrai peut-
être de ce drap ?

M. GUILLAUME.

Je vous le garderai.

M.

M. PATELIN *bas.*

Le garderai, ce n'est pas-là mon compte. (*haut.*) Pour racheter une rente j'avois mis à part ce matin douze cens livres, où je ne voulois pas toucher ; mais je vois bien, Monsieur Guillaume, que vous en aurez une partie.

M. GUILLAUME.

Ne laissez pas de racheter votre rente ; vous aurez de mon drap.

M. PATELIN.

Je le sçai bien ; mais je n'aime point à prendre crédit…. Que je prens de plaisir de vous voir frais & gaillard ! Quel air de santé & de longue vie !

M. GUILLAUME.

Je me porte bien.

M. PATELIN.

Combien croyez-vous qu'il me faudra de ce drap, afin qu'avec vos trois cens écus, je porte aussi dequoi le payer.

M. GUILLAUME.

Il vous en faudra…. vous voulez sans doute l'habit complet ?

M. PATELIN.

Oui, très-complet, juste-au-corps, culotte & veste, doublés de même ; & le tout bien long & bien large.

M. GUILLAUME.

Pour tout cela, il vous en faudra….

B

oui.... ſix aunes.... voulez-vous que je les coupe en attendant?

M. PATELIN.

En attendant.... non, Monſieur, non, l'argent à la main, s'il vous plaît, l'argent à la main, c'eſt ma méthode.

M. GUILLAUME.

Elle eſt fort bonne.... voici un homme très-exact.

M. PATELIN.

Vous ſouvient-il, Monſieur Guillaume, d'un jour que nous ſoupâmes enſemble à l'Ecu de France?

M. GUILLAUME.

Le jour qu'on fit la fête du Village?

M. PATELIN.

Juſtement. Nous raiſonâmes à la fin du repas ſur les affaires du tems. Que je vous oüis dire de belles choſes!

M. GUILLAUME.

Vous vous en ſouvenez?

M. PATELIN.

Si je m'en ſouviens? Vous prédites dès-lors tout ce que nous avons vû depuis dans Noſtradamus.

M. GUILLAUME.

Je vois les choſes de loin.

M. PATELIN.

Combien, Monſieur Guillaume me ferez-vous payer de l'aune de ce drap?

M. GUILLAUME.

Voyons. Un autre en payeroit ma foi
six écus ; mais allons, je vous le baillerai
à vous à cinq.

M. PATELIN *à part.*

Le Juif.... *(haut.)* Cela est trop honnête? Six fois cinq écus, sera justement....

M. GUILLAUME.

Trente écus.

M. PATELIN.

Oui, trente écus, le compte est bon....
Parbleu, pour renouveller connoissan-
ce, il faut que nous mangions demain
à dîner une Oye, dont un Plaideur m'a
fait present.

M. GUILLAUME.

Une Oye ? Je les aime fort.

M. PATELIN.

Tant mieux. Touchez-là, à demain à
dîner : ma femme les apprête à miracle.
Par ma foy , il me tarde qu'elle me
voye sur le corps un habit de ce drap.
Croyez-vous qu'en le prenant demain
matin , il soit fait à dîner ?

M. GUILLAUME.

Si vous ne donnez du temps au Tailleur , il vous le gâtera.

M. PATELIN.

Ce seroit grand dommage.

M. GUILLAUME.

Faites mieux , vous avez dites-vous
l'argent tout prêt?   B. ij

M. PATELIN.

Sans cela je n'y fongerois point.

M. GUILLAUME.

Je vais vous le faire porter chez vous par un de mes garçons ; il me fouvient qu'il y en a de coupé juftement ce qu'il vous en faut.

M. PATELIN.

Cela eft heureux.

M. GUILLAUME.

Attendez, il faut auparavant que je l'aune en votre prefence.

M. PATELIN.

Bon ! Eft-ce que je ne me fie pas à vous ?

M. GUILLAUME.

Donnez , donnez , je vais vous le faire porter , & vous m'envoyerez par le retour . . . .

M. PATELIN.

Le retour . . . . Non, non, ne détournez pas vos gens. Je n'ai que deux pas à faire d'ici chez moi : comme vous dites, le Tailleur aura plus de tems.

M. GUILLAUME.

Laiffez-moi vous donner un garçon , qui me rapportera l'argent.

M. PATELIN.

Eh! point , point, je ne fuis pas glorieux , il eft prefque nuit , & fous ma robe on prendra ceci pour un fac deProcès

M. GUILLAUME.

Mais , Monsieur , je vais toûjours
vous donner un garçon pour me....

M. PATELIN.

Et point de façon , vous dis-je....
A cinq heures précises trois cens trente
écus , & l'Oye à dîner. Oh , ça , il se fait
tard. Adieu mon cher voisin. Serviteur ,
.... Eh ! Serviteur !

M. GUILLAUME.

Serviteur, Monsieur, serviteur. Il s'en
va parbleu avec mon drap ; mais il n'y
a pas loin d'ici à cinq heures du matin , je dîne demain chez lui & il me
payera , il me payera.

SCENE VI.

M. GUILLAUME seul.

VOilà parbleu un des plus honnête
& des plus conscientieux Avocat
que j'aye vû de ma vie. J'ai quelque
regret de lui avoir vendu ce drap un
peu trop cher , puisqu'il veut bien me
payer trois cens écus sur lesquels je ne
comptois point. Car je ne sçai d'où diable peut venir cette dette ? A la bonne

heure.... Oh, ça il s'en va nuit, &
voilà je pense tout ce que je gagnerai
d'aujourd'hui.... Holà, holà, qu'on
enferme tout cela là-dedans.... Mais
voici, je croi, ce Coquin d'Agnelet
qui m'a volé mes moutons.

SCENE VII.

M. GUILLAUME , AGNELET.

M. GUILLAUME.

AH! ah! voleur! Je puis bien faire
ici de bonnes affaires! ce scelerat
m'emporte tout le profit.

AGNELET.

Bon vespre, Monsieur, & bonne nuit.

M. GUILLAUME.

Tu oses encore te presenter devant
moi ?

AGNELET.

Ce ne vous déplaise, mon bon Maître, qu'un Monsieur m'a baillé certain
papier qui parle, dit on de moutons,
du Juge & d'ajournerie.

M. GUILLAUME.

Tu fais le beneft. Mais je t'assure que
tu ne tueras jamais plus mouton : qu'il
t'en souvienne.

AGNELET.

Eh ! mon doux Maître , ne croyez
pas les médifans.

M. GUILLAUME.

Les médifans? Coquin! ne t'ai-je pas
trouvé de nuit tuant un mouton?

AGNELET.

. Par cette ame ! c'étoit pour l'empêcher de mourir.

M. GUILLAUME.

Le tuer pour l'empêcher de mourir ?

AGNELET.

Oui, de la clavelée, à caufe ne vous
déplaife, que quand-ils mourions de vi-
lain mal, il faut les jetter ,.& on les tuë
avant qu'ils mourions.

M. GUILLAUME.

Qu'ils mourions! Le traître, des moutons dont la laine me fait des Draps
d'Angleterre , que je vend cinq écus
l'aune. Ote-toi d'ici, fcelerat , fix-vingt
moutons en un mois!

AGNELET.

Ils gâtions les autres, par ma fy.

M. GUILLAUME.

Nous verrons cela demain devant
Monfieur le Juge.

AGNELET.

Eh ! mon doux Maître , contentez-
vous de m'avoir affommé, comme vous

voyez, & accordons-nous ensemble, si c'eſt votre bon plaiſir.

M. GUILLAUME.

Mon plaiſir eſt de te faire pendre, entends-tu ?

AGNELET.

Le Ciel vous donne joye.... Il faut donc que j'aille trouver un Avocat pour défendre mon bon droit.

SCENE VIII.

VALERE, HENRIETTE, COLETTE, AGNELET.

HENRIETTE.

LAiſſez-moi, Valere, mon pere & ma mere me ſuivent; nous allons ſouper chez ma tante, ils m'ont dit de m'avancer, retirez-vous.

AGNELET.

Voulez-vous, Monſieur, que j'attaigne la lumiere ?

VALERE

Tu me priverois du plaiſir de la voir. Belle Henriette ſouffrez, je vous prie...

HENRIETTE.

Non, Valere, je tremble.

VALERE.

VALERE.

Craignez - vous une perfonne qui vous adore?

HENRIETTE.

Vous êtes la perfonne du monde que je crains le plus, & vous fçavez pourquoi.... Ne me quittez pas, Colette.

COLETTE.

C'eft cet invalide qui me tire par le bras.

HENRIETTE.

Si vous m'aimez, Valere, ne fongez à moi, je vous prie, que lorfque vous ferez affuré du confentement de Monfieur votre pere.

COLETTE.

C'eft à quoi Agnelet & moi nous avons fait deffein de nous employer.

AGNELET.

J'ai déja imaginé un moyen honnête qui réüffira, fi Dieu plaît, quand je ferai hors de procès.

VALERE.

Quoi qu'il arrive, je te garantirai de tout.

HENRIETTE.

Voici mon pere, fuyons tous.

SCENE IX.

M. PATELIN, Madame PATELIN.

M. PATELIN.

EH bien, ma femme, ce Drap est-il bien choisi ?

Madame PATELIN.

Oui, mais avec quoi le payer ? Tu as promis à demain matin ; ce Monsieur Guillaume, est un Arabe qui viendra ici faire le diable à quatre.

M. PATELIN.

Lorsqu'il viendra, songe seulement à ce que je t'ai dit, & à me bien seconder.

Madame PATELIN.

Il faut, malgré moi, que j'aide à t'en sortir : mais tu devrois rougir de honte de ce que tu m'as proposé de faire, & ce n'est point du tout agir en honnête homme.

M. PATELIN.

Eh ! mon Dieu, ma femme, en honnête homme ; il n'est rien de plus aisé quand on est riche que d'être honnête homme. C'est quand on est pauvre qu'il est difficile de l'être : mais laissons tout cela ; allons souper chez ta sœur, & dès que nous serons de retour, faisons ce

ſoir même couper cet habit de peur
d'accident.

Madame **PATELIN**.

Allons; mais je crains que demain
matin, il n'arrive ici quelque déſordre,

Fin du premier Acte.

ACTE II.

SCENE PREMIERE.

M. GUILLAUME *feul.*

IL eſt du devoir d'un homme bien reglé, de récapituler le matin ce qu'il s'eſt propoſé de faire dans ſa journée. Voyons un peu. Premierement, je dois recevoir à cinq heures trois cens écus de Monſieur Patelin, pour une dette de feu ſon pere : Plus, trente écus pour ſix aunes de drap qu'il prit hier ici. *Item*, un Oye à dîner chez lui, aprêtée de la main de ſa femme : Après cela, comparoître à l'ajournement devant le Juge, contre Agnelet, pour les ſix-vingts Moutons qu'il m'a volés. Je penſe que voilà tout ; mais ouais ! Il y a long-tems que l'heure eſt paſſée, & je ne vois point venir mon homme. Allons le trouver... Non, un homme ſi exact ne manquera pas de parole.... Cependant il a mon

Drap, & je n'ai point de ſes nouvelles :
que faire ?... faiſons ſemblant dé lui
aller rendre viſite, & ſçachons un peu
dequoi il eſt queſtion. Je croi qu'il
compte mon argent.... Je ſens qu'on
aprête l'Oye.... frappons.

SCENE II.

M. PATELIN , M. GUILLAUME.

M. PATELIN.

MA fa...a...ame.

M. GUILLAUME.

C'eſt lui-même.

M. PATELIN.

Ouvre la porte.... voilà l'Apotiquaire.

M. GUILLAUME.

L'Apotiquaire !

M. PATELIN.

Qui m'apporte l'Emetique, l'Emetique.

M. GUILLAUME.

L'Emetique.... C'eſt quelqu'un qui
eſt mal chez lui, & je puis n'avoir pas
bien reconnu ſa voix à travers la porte,
frapons encore plus fort.

C iij

M. PATELIN.

Carogne ! Ma..a... afque, ouvriras-
tu ..u...u !

SCENE III.

Madame PATELIN, M. GUIL-
LAUME.

Madame PATELIN.

AH ! C'eft-vous, Monfieur Guillaume?

M. GUILLAUME.

Oüi, c'eft moi. Vous êtes, fans doute,
Madame Patelin ?

Madame PATELIN.

A vous fervir. Pardon, Monfieur,
je n'ofe parler haut.

M. GUILLAUME.

Oh ! Parlez comme il vous plaira,
je viens voir Monfieur Patelin.

Madame PATELIN.

Parlez plus bas, Monfieur, s'il vous
plaît.

M. GUILLAUME.

Et pourquoi bas ? je viens, vous dis-je,
lui rendre vifite.

Madame PATELIN.

Encore plus bas, je vous prie.

M. GUILLAUME.

Si bas qu'il vous plaira ; mais il faut
que je le voye.

Madame PATELIN.

Helas ! le pauvre homme ! il eſt bien
en état d'être vû !

M. GUILLAUME.

Comment ? que lui feroit-il arrivé depuis hier ?

Madame PATELIN.

Depuis hier ! helas, Monſieur Guillaume, il y a huit jours qu'il n'a bougé
du lit.

M. GUILLAUME.

Du lit ? Il vint pourtant hier chez
moi.

Madame PATELIN.

Lui, chez vous ?

M. GUILLAUME.

Lui, chez moi : & il étoit même fort
gaillard & fort diſpos.

Madame PATELIN.

Ah! Monſieur, il faut, ſans doute, que
cette nuit vous ayiez rêvé cela.

M. GUILLAUME.

Ah ! parbleu, ceci n'eſt pas mauvais,
rêvé. Et mes ſix aunes de drap qu'il emporta, l'ai-je rêvé ?

Madame PATELIN.

Six aunes de drap !

M. GUILLAUME.

Oui, six aunes de drap couleur de maron. Et l'Oye que nous devons manger à dîner? Hé, l'ai-je rêvé aussi?

Madame PATELIN.

Que vous prenez mal votre tems pour rire.

M. GUILLAUME.

Pour rire! Ventrebleu, je ne ris point & n'en ai nulle envie; je vous soûtiens qu'il emporta hier sous sa robe six aunes de drap.

Madame PATELIN.

Hélas, le pauvre homme! Plût au Ciel qu'il fût en état de l'avoir fait. Ah! Monsieur Guillaume, il eût tout hier un transport au cerveau qui le jetta dans la rêverie, où je croi qu'il est encore.

M. GUILLAUME.

Oh! par la tête-bleu, vous rêvez vous-même, & je veux absolument lui parler.

Madame PATELIN.

Oh! pour cela, en l'état qu'il est, il n'est pas possible. Nous l'avons mis-là sur un fauteüil auprès de la porte pour faire son lit; si vous le voyiez il vous feroit pitié.

M. GUILLAUME.

Bon, bon, pitié, en quelque état

qu'il foit ; je prétens le voir, ou...
Madame PATELIN.

Ah ! N'ouvrez pas cette porte, vous allez tuer mon mari, il lui prend de tems en tems des envies de courir ; ah ! le voilà parti, je vous l'avois bien dit, aidez-moi à le reprendre : mon pauvre mari, repofe toi là.

SCENE IV.

M. PATELIN, Madame PATELIN; M. GUILLAUME.

M. PATELIN.

Haye ! Haye la tête.

M. GUILLAUME.

En effet voilà un homme en piteux état : il me femble pourtant que c'eft le même d'hier, ou peut s'en faut.... Voyons de plus près.... Monfieur Patelin, je fuis votre ferviteur.

M. PATELIN.

Ah ! bonjour, Monfieur Anodin.

M. GUILLAUME.

Monfieur Anodin ?

Madame PATELIN.

Il vous prend pour l'Apotiquaire ; allez vous-en.

B

M. GUILLAUME.

Je n'en ferai rien .... Monſieur, vous vous ſouvenez-bien qu'hier ....

M. PATELIN.

Oui, je vous ai fait garder ....

M. GUILLAUME.

Bon, il s'en ſouvient.

M. PATELIN.

Un grand verre plein de mon urine.

M. GUILLAUME.

Je n'ai que faire d'urine.

M. PATELIN.

Ma femme, fais-la voir à Monſieur Anodin, il verra ſi j'ai quelque embarras dans les uretaires.

M. GUILLAUME.

Bon, bon, uretaires, Monſieur, je veux être payé.

M. PATELIN.

Si vous pouviez un peu éclaircir mes matieres, elles ſont dures comme du fer, & noires comme votre barbe.

M. GUILLAUME.

Pa, pa, pa! voilà me payer en belle monnoye.

M. PATELIN.

Eh bien, Monſieur, ſortez d'ici.

M. GUILLAUME.

Bagatelles .... Voulez - vous me compter de l'argent ? je veux être payé.

M. PATELIN.

Ne me donnez plus de ces villaines pilulles, elles ont failli à me faire rendre l'ame.

M. GUILLAUME.

Je voudrois qu'elles t'euſſent fait rendre mon Drap.

M. PATELIN.

Ma femme, chaſſe.... chaſſe.... ces papillons noirs qui volent autour de moi. Comme ils montent!

M. GUILLAUME.

Je n'en voi point.

Madame PATELIN.

Eh! ne voyez-vous pas qu'il rêve; allez vous-en.

M. GUILLAUME.

Tarare! je veux de l'argent.

M. PATELIN.

Les Médecins m'ont tué avec leurs drogues.

M. GUILLAUME.

Je ne rêve pas à préſent, il faut que je lui parle. Monſieur Patelin.

M. PATELIN.

Je plaide, Meſſieurs, pour Homere;

M. GUILLAUME.

Pour Homere ?

M. PATELIN.

Contre la Nymphe Calipſo.

M. GUILLAUME.

Calipſo ! Quel diable eſt-ce ceci ?

Madame PATELIN.

Il rêve, vous dis-je, allez vous-en, ſortez, je vous prie.

M. GUILLAUME.

A d'autres ! Oh ça, quand vous aurez aſſez rêvé, me payerez-vous au moins mes trente écus ?

M. PATELIN.

Sa grote ne retentiſſoit plus du doux chant de ſa voix.

M. GUILLAUME.

Oüais, aurois-je pris quelqu'autre pour lui ?

Madame PATELIN.

Eh ! Monſieur, laiſſez en repos ce pauvre homme.

M. GUILLAUME.

Attendez, il aura peut-être quelque intervale. Il me regarde comme s'il vouloit me parler.

M. PATELIN.

Ah ! Monſieur Guillaume.

M. GUILLAUME.

Oh ! il me reconnoît : Eh bien.

M. PATELIN.

Je vous demande pardon.

M. GUILLAUME.

Vous voyez qu'il s'en ſouvient.

M. PATELIN.

Si depuis quinze jours que je suis dans
ce Village, je ne vous suis pas allé voir.

M. GUILLAUME.

Morbleu ce n'est pas là mon compte.
Cependant hier . . . .

M. PATELIN.

Oüi, hier, pour vous aller faire mes
excuses, je vous envoyai un Procureur
de mes amis.

M. GUILLAUME.

Ventrebleu ! celui-là aura eu mon
drap. Un Procureur ! Je ne le verrai de
ma vie. . . . Mais c'est une invention, &
nul autre que vous n'a eu mon drap ;
à telles enseignes . . . .

Madame PATELIN.

Eh ! Monsieur, si vous lui parlez d'affaires, vous l'allez tuer.

M. GUILLAUME.

A la bonne heure . . . à telles enseignes,
que feu votre pere devoit au mien, trois
cens écus. Ventrebleu ! je ne m'en irai
point d'ici sans drap ou sans argent.

M. PATELIN.

La Cour remarquera, s'il lui plaît,
que la Pirrique étoit une certaine danse.
Taral, la la, la la ; dansons tous, dansons tous. Ma commere quand je danse . . . .

M. GUILLAUME.

Oh ! je n'en puis plus ; mais je veux
de l'argent.

M. PATELIN.

Oh! je te ferai bien décamper. Ma femme, ma femme; j'entends des voleurs qui ouvrent notre porte; ne les entends-tu pas? Ecoutons. Paix, paix. Ecoutons, oüi, les voilà; je les vois. Ah! coquins, je vous chasserai bien d'ici. Ma halbarde, ma halbarde. Au voleur! Au voleur!

M. GUILLAUME.

Tu bieu! il ne fait pas bon ici... Morbleu, tout le monde me vole, l'un mon drap, l'autre mes moutons : Mais en attendant que je tire raison de celui-ci, allons songer à faire pendre l'autre.

Madame PATELIN.

Bon, le voila parti, je me retire; mais demeure encore là un moment, en cas qu'il revînt.

M. PATELIN.

Le voici, au voleur!.. non, c'est Monsieur Bartolin, il m'a vû.

SCENE V.

M. BARTOLIN, M. PATELIN.

M. BARTOLIN.

QUi crie au voleur ? Quel bruit fait-on à ma porte ? Quel désordre est-ce ci ? Ah ! ah ! c'est vous, mon compere.

M. PATELIN.
Oüi, c'est moi qui . . .

M. BARTOLIN.
En cet équipage ?

M. PATELIN,
C'est que j'ai crû . . .,

M. BARTOLIN.
Un Avocat sous les armes ?

M. PATELIN.
J'ai crû entendre des . . .

M. BARTOLIN.
Militant caufarum patroni

M. PATELIN.
C'est que, vous dis-je, j'ai crû entendre des voleurs qui crochetoient ma porte.

M. BARTOLIN.
Crocheter une porte *coram judice ?*

M. PATELIN.

Je croyois, vous dis-je, qu'il y eût des voleurs.

M. BARTOLIN.

Il en faut faire informer.

M. PATELIN.

Mais il n'y en avoit point.

M. BARTOLIN.

Faire oüir des témoins.

M. PATELIN.

Et contre qui?

M. BARTOLIN.

Et les faire pendre.

M. PATELIN.

Et qui pendre?

M. BARTOLIN.

Point de quartier aux voleurs.

M. PATELIN.

Je vous dis encore une fois, qu'il n'y en avoit point, & que je me suis trompé,

M. BARTOLIN.

Ah! ah! cela étant ainsi, *cedant arma togœ*. Allez quitter cette halbarde, & prendre votre robe, pour venir à l'Audience que je donnerai dans une heure.

M. PATELIN.

C'est aussi ce que je vais faire ... Je dois plaider pour certain Berger dont Colette m'a parlé; je pense que le voici, allons quitter cet équipage, & revenons promptement.

SCENE

SCENE VI.

AGNELET, COLETTE.

COLETTE.

TU as besoin d'un Avocat subtile & rusé, qui invente quelque fourberie pour te tirer d'affaire, & il n'y a dans tout le Village, que Monsieur Patelin qui en soit capable.

AGNELET.

J'en fîmes l'expérience, il y a quelque tems feu mon frere & moi ; mais je ne sçai comment faire, car j'oubliai de le payer.

COLETTE.

Il ne s'en souviendra peut-être pas ; au moins ne lui dis pas que tu sers Monsieur Guillaume, il ne voudroit peut-être pas plaider contre lui.

AGNELET.

Je ne lui parlerai que de mon maître, sans le nommer, & il croira que je sers toûjours ce Fermier avec qui je demeurois quand je te fiançai.

COLETTE.

Voilà ton Avocat. Adieu.

D

SCENE VII.

M. PATELIN, AGNELET.

M. PATELIN.

AH ! ah ! je connois ce drôle-ci. N'est-ce pas toi qui a fiancé ma servante Colette.

AGNELET.

Oüi, Monsieur, oüi.

M. PATELIN.

Vous êtiez deux freres que j'ai garantis des galeres, l'un de vous deux ne me paya point.

AGNELET.

C'étoit mon frere.

M. PATELIN.

Vous fûtes malades au sortir de prison, & l'un de vous-deux mourut.

AGNELET.

Ce ne fut pas moi.

M. PATELIN.

Je le vois bien.

AGNELET.

Je fus pourtant plus malade que mon frere ; enfin je viens vous prier de plaider pour moi, contre mon maître.

M. PATELIN.

Ton maître, c'eſt ce Fermier d'ici près?

AGENELET.

Il ne demeure pas loin d'ici, & je vous payerai bien.

M. PATELIN.

Je le prétens bien ainſi. Oh ça, raconte-moi ton affaire ſans me rien déguiſer.

AGNELET.

Vous ſçaurez donc que mon bon maître me paye petitement mes gages, & que pour m'indommager ſans lui faire tort, je fais quelque petit négoce avec un Boucher homme de bien.

M. PATELIN.

Quel négoce fais-tu?

AGNELET.

Sauf votre grace, j'empêche les moutons de mourir de la clavelée.

M. PATELIN.

Il n'y a point de mal, & que fais-tu pour cela?

AGNELET.

Ne vous déplaiſe, je les tuë quand ils ont envie de mourir.

M. PATELIN.

Le remede eſt ſûr; mais ne les tuë-tu pas exprès pour faire croire à ton maître qu'ils ſont morts de ce mal, & qu'il les faut jetter à la voirie, afin de les vendre, & garder l'argent pour toi?

AGNELET.

C'eſt ce que dit mon doux maître, à cauſe que l'autre nuit … quand j'eus enfermé le troupeau … il vit que je pris … un .. un, dirai-je tout?

M. PATELIN.

Oüi, ſi tu veux que je plaide pour toi.

AGNELET.

L'autre jour donc, il vit que je pris un gros mouton qui ſe portoit bien ; maſy ſans y penſer, ne ſçachant que faire … je lui mis tout doucement mon coûteau auprès de la gorge, tant y a que je ne ſçai comme cela ſe fit, mais il en mourut d'abord.

M. PATELIN.

J'entends … Quelqu'un te vit-il faire?

AGNELET.

Mon maître étoit caché dans la bergerie, il me dit que j'en avois fait autant de ſix vingt moutons qui lui manquoient … Or vous ſçavez que c'eſt un homme qui dit toûjours la vérité ; il me battit comme vous voyez , & je vais me faire trépaner ; or je vous prie, comme vous êtes mon Avocat, de faire en ſorte qu'il ait tort, & que j'aye raiſon, afin qu'il ne m'en coute rien.

M. PATELIN.

Je comprens ton affaire, il y a deux voyes à prendre ; la premiere, il ne t'en coutera pas un fol.

AGNELET.

Prenons celle-là, je vous prie.

M. PATELIN.

Soit. Tout ton bien est en argent ?

AGNELET.

Ma fy, oüi.

M. PATELIN.

Il te le faut bien cacher.

AGNELET.

Aussi ferai-je.

M. PATELIN.

Ton maître sera contraint de payer tous les dépens.

AGNELET.

Tant mieux.

M. PATELIN.

Et sans qu'il t'en coûte denier ni maille.

AGNELET.

C'est ce que je demande.

M. PATELIN.

Il sera obligé, s'il te veut faire pendre...

AGNELET.

Prenons l'autre, s'il vous plaît.

M. PATELIN.

La voici, on va te faire venir devant le Juge.

46 L'AVOCAT PATELIN,
AGNELET.
Il eſt vrai.
M. PATELIN.
Souviens-toi bien de ceci.
AGNELET.
J'ai bonne ſouvenance.
M. PATELIN.
A toutes les interrogations qu'on te fera, ſoit le Juge, ſoit l'Avocat de ton maître, ſoit moi-même, ne réponds autre choſe que ce que tu entends dire tous les jours à tes bêtes à laine ; tu ſçauras bien parler leur langage , & faire le mouton ?
AGNELET.
Cela n'eſt pas bien difficile.
M. PATELIN.
Les coups que tu as à la tête, me font aviſer d'une adreſſe qui pourra te garantir ; mais je prétends enſuite être bien payé.
AGNELET.
Auſſi ferez-vous, par cette ame.
M. PATELIN.
Monſieur Bartolin va tout à l'heure donner audience, ne manque point de revenir ici, tu m'y trouveras. Adieu...
N'oublie pas de porter de l'argent.
AGNELET.
Servitu... Monſieur Patelin. Que les gens de bien ont de peine à vivre !
Fin du ſecond Acte.

ACTE III.

SCENE PREMIERE.

M. BARTOLIN, M. PATELIN, AGNELET.

M. BARTOLIN.

OR sus, les Parties peuvent comparoir.

M. PATELIN *à Agnelet.*

Quand on t'interrogera, ne réponds que de la maniere que je t'ai dit.

M. BARTOLIN.

Quel homme est-ce là ?

M. PATELIN.

Un Berger qui a été battu par son maître, & qui au sortir d'ici, va se faire trépaner.

M. BARTOLIN.

Il faut attendre l'adverse Partie, son Procureur ou son Avocat. Mais que nous veut Monsieur Guillaume ?

SCENE II.

M. BARTOLIN, M. GUILLAUME,
M. PATELIN, AGNELET.

M. GUILLAME.

JE viens plaider moi-même mon affaire.

M. PATELIN.

Ah ! traître , c'est contre Monsieur
Guillaume.

AGNELET.

C'est mon bon Maître.

M. PATELIN *à part.*

Tâchons de nous tirer d'ici.

M. GUILLAUME.

Oüais ! Quel homme est-ce là ?

M. PATELIN.

Je ne plaide que contre un Avocat.

M. GUILLAUME.

Je n'ai pas besoin d'Avocat... (*à part.*)
Il a quelque chose de son air.

M. PATELIN.

Je me retire donc.

M. BARTOLIN.

Demeurez, & plaidez.

M. PATELIN.

Mais, Monsieur.

M.

M. BARTOLIN.

Demeurez, vous dis-je ; je veux avoir au moins un Avocat à mon Audience : si vous sortez, je vous raye de la matricule.

M. PATELIN *à part.*

Cachons-nous du mieux que nous pourrons.

M. BARTOLIN.

Monsieur Guillaume, vous êtes le demandeur, parlez.

M. GUILLAUME.

Vous sçaurez, Monsieur, que ce maraut-là...

M. BARTOLIN.

Point d'injures.

M. GUILLAUME.

Eh bien, que ce voleur...

M. BARTOLIN.

Appellez-le par son nom, ou par celui de sa profession.

M. GUILLAUME.

Tant y a, vous-disje, Monsieur, que ce scelerat de Berger m'a volé six-vings moutons.

M. PATELIN *se cachant le visage.*

Cela n'est point prouvé.

M. BARTOLIN.

Q'avez-vous, Avocat ?

M. PATELIN.

Un grand mal aux dents.

E

M. BARTOLIN.

Tantpis , continuez.

M. GUILLAUME.

Parbleu cet Avocat ressemble un peu à celui de mes six aulnes de drap.

M. BARTOLIN.

Quelle preuve avez-vous de ce vol ?

M. GUILLAUME.

Quelle preuve ? Je lui vendis hier ... Je lui ai baillé en garde six aulnes ... Six cens moutons , & je n'en trouve à mon troupeau que quatre cens quatre-vingt.

M. PATELIN.

Je nie ce fait.

M. GUILLAUME.

Ma foi , si je ne venois de voir l'autre dans la rêverie , je croirois que voilà mon homme.

M. BARTOLIN.

Laissez-là cet homme, & prouvez le fait.

M. GUILLAUME.

Je le prouve par mon drap ... je veux dire par mon livre de compte. Que sont devenuës les six aulnes .... les six-vingt moutons qui manquent à mon troupeau?

M. PATELIN.

Ils sont morts de la clavelée.

M. GUILLAUME.

Têtebleu ! je crois que c'est lui-même

M. BARTOLIN.

On ne nie pas que ce ne foit lui-même : *Non eft quæftio de perfonnâ.* On vous
dit que vos moutons font morts de la
clavelée : que répondez-vous à cela ?

M. GUILLAUME.

Je répons , fauf votre refpect, que
cela eft faux ; qu'il emporta fous ....
qu'il les a tués pour les vendre , & qu'hier
moi-même ... Oh ! c'eft lui ... Oüi je
lui vendis fix ... fix ... Je le trouvai fur
le fait , tuant de nuit un mouton,

M. PATELIN.

Pure invention , Monfieur, pour s'ex-
cufer des coups qu'il a donné à ce pauvre
Berger , qui au fortir d'ici , comme je
vous ai dit , va fe faire trépaner.

M. GUILLAUME.

Parbleu , Monfieur le Juge, il n'eft
rien de plus véritable , c'eft lui-même.
Oüi, il emporta hier de chez-moi fix
aulnes de drap , & ce matin, au lieu de
me payer trente écus.

M. BARTOLIN.

Que diantre font ici fix aulnes de drap
& trente écus ? il eft ce me femble queftion de moutons volés.

M. GUILLAUME.

Il eft vrai, Monfieur , c'eft une autre
affaire, mais nous y viendrons après ; je
ne me trompe pourtant point ! Vous

52 L'AVOCAT PATELIN,
íçaurez donc que je m'étois caché dans
la bergerie... Oh ! c'eſt lui très-aſſûré-
ment... Je m'étois donc caché dans la
bergerie, je vis venir ce drôle, il s'aſſit
là, il prit un gros mouton. &.. & Avec
de belles paroles , il fit ſi bien , qu'il
m'emporta ſix aulnes. ....

M. BARTOLIN.

Six aulnes de moutons ?

M. GUILLAUME.

Non, de drap, lui ; maugrébleu de
l'homme !

M. BARTOLIN.

Laiſſez-là ce drap & cet homme, &
revenez à vos moutons.

M. GUILLAUME,

J'y reviens. Ce drôle donc, ayant tiré
de ſa poche ſon coûteau ... je veux dire
mon drap ... non je dis bien, ſon coûteau .. il ... il .. il .. il .. il le mit comme
ceci ſous ſa robe & l'emporta chez-lui;
& ce matin, aulieu de me payer mes
trente écus, il me nie drap & argent.

M. PATELIN.

Ah, ah, ah, ah !

M. BARTOLIN.

A vos moutons, vous dis-je, à vos
moutons.

M. PATELIN.

Ah, ah, ah, ah !

M. BARTOLIN.

Oüais, vous êtes hors de fens, Monfieur Guillaume, rêvez-vous?

M. PATELIN.

Vous voyez, Monfieur, qu'il ne fçait ce qu'il dit.

M. GUILLAUME.

Je le fçai fort bien, Monfieur, il m'a volé fix-vingt moutons ; & ce matin, & ce matin, au lieu de me payer trente écus pour fix aulnes de drap couleur de maron, il m'a payé de papillons noirs, la NympheCalipot, ta ral la, ma comere quand je danfe. Que diable fçai-je encore ce qu'il eft allé chercher?

M. PATELIN.

Ah, ah, ah! il eft fou, il eft fou.

M. BARTOLIN.

En effet, Monfieur Guillaume, toutes les Cours du Royaume enfemble ne comprendroient rien à votre affaire : vous accufez ce Berger de vous avoir volé fix-vingt moutons, & vous entrelardez là-dedans, trente écus, des papillons noirs & mille autres balivernes : Eh! encore une fois, revenez à vos moutons, ou je vais relaxer ce Berger... mais j'aurai plûtôt fait de l'interroger moi - même... Approche-toi. Comment t'appelles-tu?

AGNELET.

Bée...

M. GUILLAUME.

Il ment, il s'appelle Agnelet.

M. BARTOLIN.

Agnelet ou Bée, n'importe : dis-moi, eſt il vrai que Monſieur t'avoit baillé en garde ſix-vingt moutons ?

AGNELET.

Bée...

M. BARTOLIN.

Oüais, la crainte de la Juſtice, te trouble peut-être ; écoute, ne t effraye point, Monſieur Guillaume t'a-t'il trouvé de nuit tuant un mouton ?

AGNELET.

Bée...

M. BARTOLIN.

Oh, oh ! que veut dire ceci ?

M. PATELIN.

Les coups qu'il lui a donnés ſur la tête, lui ont troublé la cervelle.

M. BARTOLIN.

Vous avez grand tort, Monſieur Guillaume.

M. GUILLAUME.

Moi, tort. L'un me vole mon drap, l'autre mes moutons ; l'un me paye de chanſons , l'autre de bée , & encore, morbleu, j'aurai tort !

M. BARTOLIN.

Oüi, tort, il ne faut jamais frapper, sur-tout, à la tête.

M. GUILLAUME.

Oh ! ventre bleu ! il étoit nuit, & quand je frappe, je frappe par-tout.

M. PATELIN.

Il avoüe le fait, Monsieur, *habemus confitentem reum*.

M. GUILLAUME.

Oh ! va, va *confitareun*, tu me payeras mes six aulnes de drap, ou le diable t'emportera.

M. BARTOLIN.

Encore du drap ? on se moque ici de la Justice : hors de Cour & de procès, sans dépens.

M. GUILLAUME.

J'en appelle.... & pour vous, Monsieur le fourbe, nous nous reverrons.

M. PATELIN.

Remercie Monsieur le Juge.

AGNELET

Bée... bée...

M. BARTOLIN.

En voilà assez, va vîte te faire trépaner, pauvre malheureux.

SCENE III.

M. PATELIN, AGNELET.

M. PATELIN.

OH ça, par mon adreſſe, je t'ai tiré d'une affaire où il y avoit de quoi te faire pendre; c'eſt à toi maintenant à me bien payer, comme tu m'a promis.

AGNELET.

Bée.

M. PATELIN.

Oüi, tu as fort bien joüé ton rôle; mais à préſent il me faut de l'argent, entends-tu?

AGNELET.

Bée.

M. PATELIN.

Eh! laiſſe-là ton bée, il n'eſt plus queſtion de cela, il n'y a ici que toi & moi, veux-tu me tenir ce que tu m'as promis, & me bien payer.

AGNELET.

Bée.

M. PATELIN.

Comment, coquin, je ſerois la dupe d'un mouton vêtu. Teſtebleu tu me payeras, ou...

SCENE IV.

COLETTE, M. PATELIN.

COLETTE.

Eh ! laiſſez-le aller, Monſieur, il s'a-
git de bien autre choſe.

M. PATELIN.

Comment donc ?

COLETTE

Les coups qu'il fait ſemblant d'avoir à
la tête, nous ont fait aviſer d'un moyen
ſûr pour faire conſentir Monſieur Guillaume au mariage de ſon fils avec votre
fille, ne ſerez-vous pas bien payé ?

M. PATELIN.

Seroit-il bien poſſible ?

COLETTE.

Agnelet a dit aux Juges qu'il s'alloit
faire trépaner ; il eſt mort dans l'opéra-
tion, & c'eſt Monſieur Guillaume qui
l'a tué.

M. PATELIN.

Ah ! je vois de quoi il eſt queſtion :
ah fort bien, j'entens.

COLETTE.

Secondez - nous bien ſeulement ....
je vais demander juſtice à Monſieur le
Juge.

M. PATELIN.

En effet, ce qu'il vient de voir, lui fera

croire aisément qu'Agnelet est mort; &
par bonheur Monsieur Gu aume s'est
accusé lui même. Il faut avoüer que ce
Berger est un rusé coquin, il m'a toûjours trompé moi-même, moi qui trompe quelquefois les autres, mais je lui
pardonne si par son adresse je puis marier
richement ma fille.

SCENE V.

M. BARTOLIN, M. PATELIN, COLETTE.

M. BARTOLIN.

QUe me dites-vous là? le pauvre garçon! voilà une mort bien promte.

M. PATELIN.

Tout le Village en est déja informé.
Comme les malheurs arrivent dans un
moment !

COLETTE.

Hi, hi, hi !

M. PATELIN.

La pauvre fille ! méchante affaire
pour Monsieur Guillaume.

M. BARTOLIN.

Je vous rendrai Justice, ne pleurez
pas tant.

COLETTE.

Il étoit mon fiancé, é ; é , é !

M. BARTOLIN.

Confolez vous donc, il n'étoit pas
encore votre mari.

COLETTE.

Je ne le pleurerois pas tant s'il avoit
été mon mari, i, i, i!

M. BARTOLIN.

Il fera puni, & déja fur votre plainte,
j'ai donné un decret de prife de corps,
on doit me l'amener ici : je vais cependant, pour la forme vifiter le corps
mort; il eft là, dites-vous, chez votre
oncle le Chirurgien ? Je reviens dans
un moment.

SCENE VI.

M. PATELIN, COLETTE.

M. PATELIN.

IL va tout découvrir, s'il ne trouve
pas le mort.

COLETTE.

Laiffez-le aller, mon oncle eft d'intelligence avec nous, & Agnelet a ajûfté
dans le lit une certaine tête qui le fera fuir
bien vîte.

M. PATELIN.

Mais quelqu'un dans le Village rencontrera peut être Agnelet.

COLETTE.

Il s'eft allé cacher dans le Grenier à

foin d'un de nos voifins, d'où il ne fortira que quand le mariage fera tout-à-fait conclu.

SCENE VII.

M. BARTOLIN, COLETTE, M. PATELIN.

M. BARTOLIN.

NOn, de ma vie je n'ai vû une tête d'homme comme celle-là, les coups ou le trépan, l'ont entierement defigurée ; elle n'a pas feulement figure humaine, & je n'ai pû la voir un moment fans détourner la vûë.

COLETTE.

Ah, ah, ah !

M. PATELIN.

Que je plains le pauvre Monfieur Guillaume ! c'étoit un bon homme, il y avoit plaifir d'avoir affaire à lui.

M. BARTOLIN.

Je le plains auffi , mais que faire ? voilà un homme mort, & fa fiancée qui me demande juftice.

M. PATELIN.

Colette, que te fervira de le faire pendre? Ne vaudroit-il pas mieux pour toi ..

COLETTE.

Hélas ! Monfieur, je ne fuis ni intereſſée ni vindicative, & s'il y avoit quelque expedient honnête .... Vous ſçavez combien j'aime ma Maîtreſſe votre fille, qui eſt filleule de Monſieur.

M. BARTOLIN.

Ma filleule ? eh bien, quel intereſt a-t'elle à tout ceci ?

COLETTE.

Valere, Monſieur, le fils unique de ce Monſieur Guillaume en eſt amoureux, ſon pere refuſe d'y conſentir, vous êtes ſi habiles l'un & l'autre, voyez s'il n'y auroit pas là quelque expedient afin que tout le monde fût content.

M. BARTOLIN.

Oui, il faut que cette fille ſe déporte de ſa pourſuite à condition que Monſieur Guillaume conſentira à ce mariage.

COLETTE.

Que cela eſt bien imaginé !

M. PATELIN.

C'eſt prendre les voyes de la douceur.

M. BARTOLIN.

Avant que de le mettre en priſon on doit me l'amener, il faut que je lui en parle moi-même ; mais y conſentez-vous, Monſieur Patelin ?

M. PATELIN.

Hé ...., Je n'avois pas encore fait deſſein de marier ma fille ... Cependant .... Pour ſauver la vie à Monſieur

Guillaume .... Allons, allons j'y donnerai les mains, & je ferois fâché de faire
pendre un homme.

M. BARTOLIN.

J'entens qu'on me l'amene... Vous,
allez vîte faire enterrer fecretement le
mort, afin qu'on ne m'accufe point de
prévarication.

M. PATELIN.

Et moi pour la forme, je vais faire
dreffer un mot de contrat que vous lui
ferez figner, s'il vous plaît.

SCENE VIII.

M. BARTOLIN, M. GUILLAUME
conduit par plufieurs Archers.

M. BARTOLIN.

AH! Vous voici ; eh bien, vous
fçavez Monfieur Guillaume, pourquoi on vous a arrêté.

M. GUILLAUME.

Oui. Ce coquin d'Agnelet dit qu'il
eft mort.

M. BARTOLIN.

Il l'eft véritablement, je viens de le
voir moi-même, & vous avez avoüé
le fait.

M. GUILLAUME.

Pefte foit de moi !

M. BARTOLIN.

Oh çà, j'ai une chofe à vous propo-
fer, il ne tient qu'à vous de fortir d'affaires, & de vous en retourner chez
veus en liberté.

M. GUILLAUME.

Il ne tient qu'à moi ? Serviteur donc.

M BARTOLIN.

Oh attendez, il faut fçavoir auparavant fi vous aimez mieux marier votre
fils que d'être pendu.

M. GUILLAUME.

Belle propofition ! je n'aime ni l'un
ni l'autre.

M. BARTOLIN.

Je m'explique. Vous avez tué Agnelet, n'eft il pas vrai ?

M. GUILLAUME.

Je l'ai battu ; s'il eft mort, c'eft fa
faute.

M. BARTOLIN.

C'eft la vôtre. Ecoutez, Monfieur Patelin a une fille belle & fage.

M. GUILLAUME.

Oui, & gueufe comme lui.

M. BARTOLIN.

Votre fils en eft amoureux.

M. GUILLAUME.

Et que m'importe ?

M. BARTOLIN.

La fiancée du mort le départ de fa

poursuite si vous consentez à leur mariage.

M. GUILLAUME.

Je n'y consens point.

M. BARTOLIN.

Qu'on le mene en prison.

M. GUILLAUME.

En prison, maugrebleu !... Laissez-
moi au moins aller dire chez moi qu'on
ne m'attende point.

M. BARTOLIN.

Ne le laissez pas échaper.

SCENE IX.

**M. PATELIN, M. GUILLAUME,
M. BARTOLIN, VALERE,
HENRIETTE, COLETTE,**

M. PATELIN.

Voilà le Contrat... Monsieur, sur le
malheur qui vous est arrivé, toute
ma famille vient vous offrir ses services.

M. GUILLAUME.

Que de Patelineurs?

M. BARTOLIN.

Allons, voici toutes les Parties ; ex-
pliquez-vous vîte. Voulez-vous sortir
d'affaire?

M. GUILLAUME.

Oui.   M.

M. BARTOLIN.

Signez ce Contrat.

M. GUILLAUME.

Je n'en veùx rien faire.

M. BARTOLIN.

En prifon, & les fers aux pieds.

M. GUILLAUME.

Les fers aux pieds! tubieu comme vous y allez!

M. BARTOLIN.

Ce n'eft encore rien, je vais tout-à-l'heure vous faire donner la queftion.

M. GUILLAUME.

Donner la queftion!

M. BARTOLIN.

Oui, la queftion ordinaire & extra-ordinaire, & après cela je ne puis éviter de vous faire pendre.

M. GUILLAUME.

Pendre? miféricorde!

M. BARTOLIN.

Signez donc; fi vous differez un moment, vous êtes perdu, je ne pourrai plus vous fauver

M. GUILLAUME.

Jufte ciel! Que me faut-il faire?

M. BARTOLIN. *pendant que M Guillaume figne*

Je l'ai oui direà un fameux Medecin que les coups à la tête font dangereux comme le diable.... Voilà qui eft bien

F

66 L'AVOCAT PATELIN,
je vais jetter au feu la Procedure, & je
vous en felicite.

M. GUILLAUME.
Oui , j'ai fait aujourd'hui de belles
affaires !

M. PATELIN.
L'honneur de votre alliance....

M. GUILLAUME.
Ne vous coûte guére.

VALERE.
Mon pere je vous protefte....

M. GUILLAUME.
Va-t'en au diable.

HENRIETTE.
Monfieur je fuis fâchée....

M. GUILLAUME.
Et moi auffi.

COLETTE.
Que me donnerez vous à la place de
mon fiancé.

M. GUILLAUME.
Les moutons qu'il m'a volez.

SCENE DERNIERE.

Tous les Acteurs de la Scene precedente.

UN PAYSAN; AGNELET.

LE PAYSAN à Agnelet.
Marche, marche, de par de Roi.

AGNELET.

Miſericorde !

M. GUILLAUME.

Ah ! Traître tu n'es pas mort ? il faut que je t'étrangle ; il ne m'en coûtera pas davantage.

M. BARTOLIN.

Attendez ; d'où ſort ce ſantôme ?

LE PAYSAN.

J'avons trouvé ce voleur dans nout grenier, parquoi je le mene en priſon.

M. BARTOLIN.

Ouais ? Tu n'as plus de coup à la tête ?

AGNELET.

Ma fy, non.

M. BARTOLIN.

Qu'eſt-ce donc qu'on m'a fait voir dans un lit chez un Chirurgien ?

AGNELET.

Une tête de viau, Monſieur.

M. GUILLAUME.

Allons, puiſqu'il n'eſt pas mort, rendez-moi ce Contrat que je le déchire.

M. BARTOLIN.

Cela eſt juſte.

M. PATELIN.

Oui, en me payant un dédit qu'il contient de dix mille écus.

M. GUILLAUME.

Dix mille écus ? Il faut bien par for-

ce que je laisse la chose comme elle est,
mais vous me payerez les trois cens
écus de votre Pere.

M. PATELIN.

Oui, en me portant son billet.

M. GUILLAUME.

Son billet ?... Et mes six aunes de
drap ?

M. PATELIN.

C'est le présent des nôces.

M. GUILLAUME.

De nôces. Au moins je tâterai de
l'oye.

M. PATELIN.

Nous l'avons mangé à dîner.

M. GUILLAUME.

(Montrant Agnelet.)

A dîner ? Oh ! Ce scélerat payera
pour tous & sera pendu.

VALERE.

Mon pere, il est tems de l'avoüer,
tout ceci ne s'est fait que par mon ordre.

M. GUILLAUME.

Me voilà bien payé de mon drap &
de mes moutons.

Fin du troisiéme & dernier Acte.